칼날 위에 핀 꽃

칼날 위에 핀 꽃

황성주 시집

25

시와정신시인선

시와정신사

■

시인의 말

 산이라, 강이라, 나무라 부르지만, 사람의 짧은 혀로 채색한 것에 불과해 산도, 강도, 나무도 아니다. 자신을 정밀하게 둘러 싼 사물과 생명체를 어떻게 불러야 할지 모르는 것처럼, 푸른 바다를 끌어와 대지를 물들이는 햇볕 속에도, 삶과 죽음이 하나로 진행되는 속에도 자신의 실체를 확인할 길은 없다. 그리 막막하게 이어지는 상황에 도발하듯 제 몸 구석구석을 샅샅이 뒤지거나 머리칼을 뽑아 가루를 내어 실체를 찾으려 해도 깨질 수 없는 침묵은 이어진다.

 어디로 가야 할까. 막막함을 안고 사는 날들은 아프고 슬프고 위험하고 고단하다. 하지만 그리 살아온 미완의 세계를 벗어나 완벽한 실체에 이른다면 어찌 될까? 그 순간 바람에 쏟아져 내리는 벚꽃도, 빠르게 물결치는 음악도, 생명력 넘치는 미술도, 광범위하게 삶을 다뤄온 문학도, 먹고 마시고 배설해온 즐거움도, 연기처럼 증발되는 걸 보게 될지도 모른다. 따라서 여전히 산이라, 강이라, 나무라 부르는 반유반무半有半無의 세계를 몽환처럼 떠돌아야 하고, 눈 뜨면 쓰라린 아우성 그치지 않는 목마른 욕망의 길가에서

임신하고 출산하는 그리움 깃든 생명력으로 남는다.

거칠고 예민하게 밀려오는 삶의 깊이를 보려 애썼지만,
부족함은 고스란히 남아 유연한 길 하나 변변히 찾을 수 없
었다. 결국 나에게 쓴다는 행위는 죽어야만 끝날 모험의 일
부요, 한계였다.

시인 김완하 교수께서 내 두 번째 시집에 해설문을 장식
해 주셨는데 그 명문에 진심으로 감사드리고, 첫 시집에 이
어 이번 시집까지 후문을 쾌히 보내준 문학동반자 소설가
김은신에게도 같은 마음을 드립니다.

2019년 초가을   황성주

차 례

___ 제4부

___ 제5부

제1부

기다림

물러날 곳 없는
아스팔트 좁은 틈에 뿌리내린 민들레는
마른 흙을 움켜쥐고
훅훅, 날아드는 검은 먼지에
이파리를 축 늘어뜨리고
아침부터 추적추적 내리는 비에
하염없이 젖는다

한 번쯤, 혼절한 이파리에서
초록바다 콸콸 쏟아져
콘크리트 벽에 지쳐가는 거리를
단숨에 퍼 올려 모래알 씻듯 섬세히 씻어
헹구는 날 온다면
거리는 초록물결 일렁이는 숲이 되어
초록 눈, 초록 귀, 초록 입으로
지저귀는 새들처럼 될지도 모른다는
꿈을 꾸다,

눈 뜨면 무언가를 쉴 새 없이 해야 하는

거리 위를 무심히 가는 구름뿐이라
물러날 곳 없는 민들레처럼 비에 젖어
골목을 서성이며
봉우리 올릴 민들레를 기다리다
잠기듯 꿈꾸고 그런다

회전목마

앞 집 담 너머 작은 마당에
노인이 생계용으로 끌고 다니다
요양원으로 가며 방치한 회전목마를 본다
제 굴레를 일 센티도 이탈 못하는 목마들은
주인 없는 빈 집을 할퀴듯 퍼붓는 장맛비에
퇴색한 페인트 벗겨지고
몸 곳곳이 거뭇거뭇 썩어가고 있었다

조심조심 손을 뻗어 가슴을 더듬어도
핏줄 하나 없는 차디찬 체온은
비가 그치고 별이 빛나는 밤이 와도
변함없겠지만
사람들이 일상의 끝에 쓰러지듯 잠들면
눈을 치켜뜨고 일어나
긴 원형 사슬을 풀고 백방으로 흩어져
뜨겁게 울부짖으며
광활한 초원에 이르러야 한다

그리고 싱싱한 풀로 맘껏 허기를 채우고

윤기 흐르는 갈기를 날리며
분방한 어린것들 이끄는 날 차지하지 못하면
썩어 문드러진 살은
흔적 없이 흩어져 사라질 것이다

하지만 오늘도 달아날 곳 없는 회전목마들은
하염없이 비에 젖는다

꿈꾸는 선장

항구 먼 바다 희미하게 정박한 배를
출항시키려 해도
빈 배나 다를 게 없다
어쩌다 무임 승선한 누군가는
첨단 장비로 달리는 세상에
낡은 배로 가는 신세를 한탄한다
이대로라면
쓸쓸한 외곽을 맴돌다 침몰할지도 모를 일,
두껍고 칙칙한 옷을 벗어버리고
가벼운 몸짓으로 이 세련된 옷은 어때요?
예쁜 장신구들은 당신에게 어울릴 것 같군요.
함께 술 마시고 춤추고 잠자리를 하자고요?
나쁘지 않아요.

눈 시린 태양이
거리를 조각품처럼 풀어놓은 한낮,
지치고 구겨져 오는 당신들을 위해
발라드, 재즈, 팝, 오케스트라,
거친 숲 확확 뚫는 일렉트로닉 기타소리는 어떨까요?

천 년도 넘게
쓰라린 어둠속을 흘러온 음악을
쇠락해 가는 배 구석구석 깔아놓고
허물 벗은 언어들을 환한 등처럼 달다 보면
잃어버린 전성기를 되찾을지 모를 일,

폭발하듯 뚫고 나갈 힘이 절실한데
오늘도 선장은 고매한 옷 한 벌로 가릴 수 없는
이들을 싣고 새 항로를 찾는다

우산 하나로

비 내리는 병원 밖으로 나오며
이 장마는 언제 그치려나.
아내가 중얼거린다

모르고 사는 죄들이
가슴에 부스럼처럼 돋는 날들,
열악한 공장이나 공사판에서
다치거나 떨어져 죽은 이들처럼
불안한 심장소리 끈적끈적 녹아든 창자를
아내 몰래 뽑아 거리 위에 띄우면
허물 벗은 나비처럼 너울너울 날 수 있을까
항공질서를 어지럽힌다면
대기하고 있는 요원들은
조준사격을 한 뒤 안도의 표정으로 돌아갈 테고
청소부들은 꿈틀대는 조각들을 쓸어 담겠지

포탄처럼 투하될
사상의 불꽃 진동을 기다려도
오지 않는 밋밋한 하루하루,

어디로 가야 하나
징검다리 하나 없는 신기루에 뛰어들어
천천히 익사를 하든 건너가야 하는데
오늘도 소리 없이 흐르는 강 건너
천안문天安門 광장에는
아픔과 슬픔을 내려놓는 행렬은 보이지 않고
비바람만 불어
아내와 우산 하나로 힘겹게 걷는다

어느 대화 1

—욕심들 왜 그리 모질까.

—사는 게 힘겨워 그리 됐겠지요.

—그래도 산처럼 몸 불려서야 쓰나.

—뾰족한 해결 방법이 없잖아요.

—누리고 지킬 범위라는 게 있네.

—그것으로 다스려질 욕망이라면

 아우성들 누그러졌겠지요.

—하지만 모서리에 웅크린 이들

 눈물과 한숨이 깊어지면 모두 해롭네.

—부침을 거듭하며 흘러온 인간사,

 지켜보는 것도 방법입니다.

—실오라기 하나 걸치지 못하고 떠나는 길,

 같이 가면 낫지 않겠나.

그녀

숨길 게 없는 비탈 동네를
눈 아리게 물들이던 봄은
흩어지는 라일락 꽃잎처럼 멀어지는데
그녀는 한쪽 다리를 절며
휠체어를 끄는 앙상한 사내의 도움으로
힘겹게 비탈길을 오르내리다
요즘은 집 앞에 멍하니 앉아
온몸 비틀며 울부짖는다

비수처럼 퍼지는 울부짖음,
그것밖에 할 수 없는 그녀를 위해
내가 할 수 있는 건
처절한 비탈길을 떠나는 날
천만근 허물 훌훌 벗어버리고
저 하늘 깊은 곳 훨훨 날아다니시구려.
그리 날다 그마저 지치고 외로워지거든
하루하루 버겁게 머물다 저무는 이들
아픔과 슬픔, 사랑과 이별, 소슬함을
촉촉이 적시는
목련의 흰 속살처럼 오시구려.
속삭일 뿐이다

산책길

아스팔트 위를
가파르게 내달리는 시간이
옥계동 천변 둑을 내려서면
느슨해진다

이곳에서는
밤 새 돋아난 풀잎을 볼 수 있고
여러 모양으로 가는 구름을 볼 수 있고
흐르는 물소리를 들을 수 있다

길게 뻗은 산책길을 걷노라면
오가는 이들 머리 위로
무한한 건축기둥 하나 툭 불거질 듯하다
아득히 잠기는데
귀볼 더듬는 바람을 안고 오는 여인은
개를 끌고 가는 사내는
자전거를 타고 달리는 아이는
유형有形인지 무형無形인지 꿈결같이 다가왔다
강열하고 유연한 색과 선으로 누운
거침없는 최욱경*의 요염한 여인의 나체화처럼

야릇한 냄새를 풍기며
곁을 스쳐간다

* 최욱경, 1940—1985 불꽃같이 작품에 몰두하다 요절한 여류화가.

집 1

폭풍이 불면 거친 모래언덕
내 작은 오두막집은 위험해요

어둠을 밝히는 현명한 이가 있다면
잡동사니 가득한 머리도
그칠 줄 모르는 허기진 입도
와르르 무너지게 조여주세요.

시체를 빠져나가는 영혼처럼
몸무게가 가벼워질 때까지 조여 준다면
이 푸른 별 가장 은밀한 곳으로 나가
맑은 아이들 팔랑팔랑 오는
통천通天할 곳을 찾을 겁니다.

몽환처럼 떠돌다
쓸모없는 머리, 허기진 입 아득히 마춰시켜 온
막걸리 두어 잔 그리워
두고 온 아픔과 슬픔이 그리워
잔소리꾼 마누라가 혈투로 지키는

내 모래언덕 오두막집으로

눈빛 반짝이며

돌아갈 게 뻔해요.

집 2

해 저물기 전에
부지런히 돌아가는 개미들처럼
퇴근길 밟는 이들은
집으로 돌아가야 합니다

집이란
가족의 눈빛과 체온을 호흡하는 곳이요,
사랑과 이별이 있는 곳이요,
젖은 옷을 벗고 쉴 곳이요,
전쟁처럼 살다 가는 그릇입니다

사는 동안은
기다리는 이들이 있는 집으로
꾹꾹 눌러 돌아가야 합니다
그 어디에도 돌아갈 곳 없는 이처럼
슬픈 건 없으니까요

신호등

몸을 휘감는 팔월 볕 가로수 그늘 아래
보따리를 이고 와 서너 가지 채소를 풀어 놓고
떠내려가듯 조는 꾀죄죄한 아주머니 곁에서
흐리흐리한 눈으로 푸른 신호등을 기다린다

컴컴한 지하 층계 아래로, 좁은 골목 모서리로,
퀭하게 숨어든 눈빛들은
왜 자꾸 어둠 속을 가는 걸까
발끝 비스듬히 누운 그림자가
하수구로 흐물흐물 녹아들기 직전인데
기다리고 기다려도 꺼지지 않는 적색등이다

스쳐간 냄새, 빛깔, 움직임, 이미지들이
돌아갈 수 없는 추억이라면
짧게 피었다 지는 장미꽃 위를
홀로 나는 나비처럼 발가벗고
거리를 걷는 연습을 해야 하나

푸른 신호등이 적색등을 범람하며
잠든 거리를 깨우는 날 오면

흐리흐리한 눈을 뜨고
질퍽질퍽한 이들과 함께
건널목을 건너갈 수 있을까

입 1

시린 발목을 접고
구름 위로 날아올라
집짓고 침대를 옮길 수 없어
질퍽한 땅에 두 발 내리고
독하게 남의 살을 먹어온 입은
피 묻은 싸움터요,
기쁨과 슬픔 사랑과 이별이 드나드는 포구요,
차갑고 뜨거운 생각들이
첨병처럼 말들을 타고 나가는 출구,

눅눅한 골목마다 갈기를 세우는
모래처럼 깔린 오해 하나
변변히 건드리지도 못한 채
그럭저럭 살다 지는 입이어도
그 하나하나는
푸른 별빛보다 짙은 붉은 맥박이요,
누군가를 절절이 그리워하는
드라마의 기원입니다

입 2

농경 시대부터
먹고 남은 곡식이 고지告知*로 풀려
빈부가 생기고
굶주린 이들은 다른 부락을 약탈하는
권력의 도구가 되었을 겁니다

피로 물든 전쟁을 거듭하며
영토를 넓혀온 이들이
곡물 지급보다 편리한 쇠전을 만들어
장졸들에게 지급한 게 군폐軍幣랍니다

고지와 군폐로 반만 년 넘게
흥망성쇠를 거듭하며
피땀과 통곡, 슬픔과 희생을 바쳐왔어도
바람 한줄기, 꽃 한 송이 고마워하는
넉넉한 가슴으로
소박한 밥상, 등 따듯하면 족한 세상
열지 못하고
지금도 여전히 낙오된 이들은
비탈길 휘적휘적이며

깊은 상처처럼 남습니다

* 고지 : 인류의 첫 화폐 약속어음. 지금의 「지폐」

제2부

거울 1

이불 속에서
자라처럼 움츠렸던 목을 내밀자
거울 속 사내도 따라 내민다
뜨거운 가슴 하나로 차가운 거리를 지나
거울 안으로 갈 수 있다면
저 야윈 사내를 일으켜 부둥켜안을 수 있을까
길 없는 거울이라 돌아서야 한다면
사내는 야윈 등으로 멀어지겠지

푸른 언덕을 넘어온 해가
한낮 거리를 기웃거리다
변덕스런 여인의 붉은 입술처럼 물들다
지는 게 새삼스러워
주위를 살펴도 시계의 성城에서는
제 깊은 감옥에서 탈출했다는
기록 한 줄 없는 날들이 이어진다
그 쓸쓸함에 도발하듯
오른쪽 귀를 자르면
사내는 피에 젖은 왼쪽 귀를 움켜쥐겠지

오른쪽 귀와 왼쪽 귀 차이를
수정 없이 반사해온 거울 밖에서
길을 찾는 눈빛 목소리

거울 2

가위, 빗, 염색약, 세면대
사물이 잠긴 고요한 거울 속으로
영상처럼 들어가 의자에 앉는다
따라 들어온 미용사가 뒤에서
내 앞가슴에 흰 천을 두르고
헝클어진 머리를 빗긴 뒤
깎고 다듬는다

가위소리, 숨소리, 미소를 거울에 깔며
요염한 춤사위처럼 물결치는 손,
어느 아주머니가 문을 열고 들어와
그녀에게 인사를 건넨 뒤
구름 가듯 거울을 지나
건너편으로 불쑥 빠져나가
비스듬히 소파에 앉아
차례를 기다린다

머리를 감기고 말리던
그녀가 일을 마치고 거울을 나간다

나도 깔끔해진 머리로 따라 나가며
거울 밖 소리로 얽혀 사는
생명력을 본다

폐어肺魚

쫓기는 바다를 떠나
육지로 나왔어도 다르지 않아
참고 기다리며
직립 보행하는 동물로 진화했다는 폐어,

할아버지, 살아 있는 게 뭐예요?
먹고 움직이며 일하는 모습이 아닐까?
생각은 무엇이고 어디서 오나요?
살기 위해 궁리하는 게 생각일 테고
머리에서 입을 통해 소리로 나온단다.
소리는 만질 수가 없잖아요?
만질 수 없지.
질문을 잇는 다섯 살짜리 아이에게
순간순간이 갈림길인 이야기를
어설프게 늘어놓고 후회한다

아직도 내 가슴 깊은 곳을 후비는
폐어는
그 언제 쓰라린 긴긴 사슬을 풀고
깊고 깊은 바다 날듯 가를까

밤이 오면

초등학교 여자 아이들도
예쁜 얼굴에 날씬한 몸매를 꿈꾸고,
성형 미인들은 제 모습 밖에서
엉덩이와 젖가슴을 흔들며 간다
끊임없이 섹시한 물결을 일으키는
상혼商魂에 젖은 손은
채워도 채워지지 않는 금고를 지키고,
휴식 같은 밤이 오면
술에 젖은 사내들 음담패설 이어지는데
어디선가는
낙오의 그늘에서 어깨를 들먹이며 울고,
누군가는 국경선에서 무장을 한다

잠시 빌려 쓰다 가면 그만인 곳,
현란하게 물들던 불빛들이 하나 둘 꺼져
한산해지면
하수는 쓰레기로 지친 도시 위에 잠든 사람들
등 아래로 검은 비수처럼 흐르고
쓰다버린 폐품처럼 오갈 데 없는 시간들은
눅눅한 옷을 축 늘어뜨리고

빈 하늘을 떠도는 달빛 아래
절룩거리며 스쳐간다

악습

청소가 끝날 무렵 아이들은
낡고 해진 내 옷을 벗기고
알몸을 헹가래치며 교실을 돌았다
킥킥대는 웃음과 함성 속에 울었지만
어디에도 구원의 손길은 없었고
뜨거운 오후 햇살만 교실 창에 부서졌다

심야에 꾸역꾸역 솟은 검은 연기는
거리의 상징 같은 건물을 삼키며
빽빽하게 책이 진열된 지하 서고를 덮쳤다
몰려온 사람들은 인명 피해가 없다는 말에
안도의 표정으로 돌아갔지만,
푸른 불꽃 속에서 살려 달라 피를 토하는
은하수 같은 글자들을 구해야 한다고
발을 동동 구르는 이는 없었다

피 말리게 다듬어
한 줄 한 줄 태어나는 글들의 재앙을
악착같이 뒤에 남아 팔짱 끼고 바라보던 그들은

내 나이 67세
55년이 지난 지금도 달라지지 않고 킬킬거리며
사서司書를 꿈꾸는 나를 피투성이로 밟는다

쿵쿵, 울리며 지나는 거족들 아래 엎드려
각자는 자기 생존방식이란 집을 짓고
슬금슬금 찾아오는 욕심과 눈치껏 동거하며
기회를 찾는 곳에 필패처럼 앉아
무권력의 성지聖地로 가려
태워도 태워지지 않는 사상의 향기로 기록된
선습善習 하나 일으킬 문맥을 찾는다

윤회 1

거미 등에 붙어 피를 빨던 애벌레가
탈피를 위해 거미를 남김없이 먹어치워도
거미는 사라지지 않고 그 자리를 지킨다

어제는 앙상한 개 한 마리가 부러진 뒷다리로
힘겹게 앞 골목으로 사라지는 걸 보았는데
오늘은 새벽부터 까치들이 요란해 창을 여니
영역 다툼하다 물러난
다른 한 쌍의 털이 한 줌 뽑힌 걸 본다

만만한 것 하나 없는 이곳,
개가 고양이로 고양이가 개로
거미가 애벌레로 애벌레가 거미로
엎치락뒤치락 뒤섞여
끝없는 회로回路를 질척이며 가는
긴긴 삶의 행렬을 밝히는 아침 해는
소리 없이 한낮을 지나
길섶 너머 붉은 노을로 진다

윤회 2

깊은 산 작은 개울을 건너
어느 외딴 초가에 들어가
그물을 손질하는 사내에게
길을 물었으나 말이 없어
맑은 풀벌레소리만 듣는다

그물을 둘러멘 사내에 이끌려
낙엽 붉게 물든 산 아래
실바람마저 잠든 호수가로 가
차가운 물 위에 붉은 가슴 풀어 내리던
저녁 해가 어스름에 묻히자
작은 배에 호롱불을 밝히고
노를 젓는다

그물을 올려
밤 새 잡은 물고기를 가지고 돌아가는 길,
물안개 속 어디선가 들려오는 사찰 종소리에
조금씩 밝아오는 동녘,
손목시계를 보니 출근준비를 할 때라

배에서 뛰어내려 달리는데
사내는 바람처럼 앞서
내가 지나온 개울 쪽으로 간다

회로回路를 가는 나비야
네가 나인가, 내가 너인가

흑백사진

무덤과 납골당을 비어 두고
숨진 곳으로 오는 도시는
질척이며 사는 이들보다
죽은 이들이 많은 곳

억압과 착취 없는 세상을 찾아 동학에 가담한 죄로
가정을 돌보지 못하고 도망 다니다 객사한
할아버지의 자유는 탈옥의 시작이었으며
그 끝은 또 다른 곳에 닿으려는 목마름이었다
그런 할아버지를 원망한 적 없는 아버지는
가난과 문맹의 비탈에서 휘청거리며
꾀죄죄한 얼굴로 동네 사랑방을 떠돌았다

아버지의 척박한 그늘 아래
영양실조로 누렇게 뜬 어린것들을 두고
젊은 나이에 앙상한 몸으로 떠난
어머니의 숨찬 시간은
겨울 내내 얼어붙은 벽에 걸린 흑백사진으로 멈춰
이사할 때마다 따라다니는데,

흰 살점 퍼붓고 가는 벚꽃 나른한 오후
빛바랜 풀잎 도배지를 조금 열고
고요한 벽 속을 구름 밟듯 갈 수 있다면
축축하게 누운 어머니의 백 년 고독을 깨워
눈물을 닦아주고
무능을 속죄하듯 다른 방향을 베고 잠든
아버지에게 화해를 하시라 청하고 싶다

벽 속에는
깨어날 줄 모르고 잠든 이들도 있지만,
독한 업보 매듭 하나 풀길 없는
사랑과 슬픔, 아픔과 노여움이 맺혀 흐르는
부산한 세월의 강을 그리워하듯
밤마다 외로운 흑백 사진에 희미한 영상처럼 나와
뼈 시린 불빛에 잠 못 이루는 자식들을
하염없이 지켜보는 이들도 있다

안개

소리 없이 흐르는 안개는
비바람과 햇볕을 안고 가는
생명들처럼 서두르지 않는다

처음엔 발바닥을 살짝살짝 적시며 찾아오다
어느 새 눈치 챌 겨를 없이
발목으로 무릎으로 차올라
한쪽 가슴 폐암으로 내주고
앙상한 뼈마디로 가파르게 숨쉬는
여든이 넘은 내 큰형을 뭉텅뭉텅 끌어내려
목 아래 검은 모래 언덕에 묻는 중이고,
예순 후반의 내 길목도
매일 씻겨나가는 폭이 넓어져
안개처럼 일어나 눕는 날이 늘고 있다

오늘은 영하 10도,
밤새 하얗게 내린 마당의 눈을 치우고 방에 들어서
언 손을 비비는 나를 여섯 살짜리 손자 녀석이
빤히 바라보다 생글생글 웃으며

할아버지 그렇게 추우면
내가 우리 집 빈 어항에 따듯한 물을 넣을 테니
작은 물고기가 되어 살면 되잖아요.
나는 침침해져 가는 눈을 동그랗게 뜨고
눅눅한 안개가 만삭의 여인처럼 몸을 틀다
웩, 토해낸 생혈生血처럼
싱싱하게 빛나는 녀석을 본다

아무래도 이 하루 다 가기 전 옷깃 여미고
녀석이 맘껏 그림을 그리게
크레파스를 사 줘야겠다

사유思惟

스치는 비바람이 내안에 들어와
한 송이 꽃이 되지만
피는가 싶으면 늘어져 시드는 무게가
가슴에 빗장 지르고
낮은 자세로 순응하는 습관을 만들었다

꼬물꼬물 움직이던 어린 것 하나
넘어져 신음을 쏟아내는 곳에
뼛속 깊이 파고들던 책들을 펼쳐
필요한 글자들을 뽑아
손가락 사이에 물갈퀴를 만들어
힘들고 지치면 걸어온 길 세밀히 짚어
더 먼 곳을 보게 하던 사유의 강을 헤쳐 가다
구겨진 종이처럼 무너진 사람들을 싣고 가는
유령선을 촉감해도
습관을 벗겨내며 가야지, 유연하게 가야지

눅눅한 삶을 지고 가는 사람들
촘촘한 칸막이를 밝히는

비릿비릿한 아침 느지막하게 일어나
비를 가려온 처마를 살피고 수리하다
점점 짧아질 목숨이요, 퇴색할 그림자지만,
죽음이 빗장 지르고 지켜보는 동안
처마를 조금만 동쪽으로 이동시켜
아삭, 붉은 사과 한입 가득 깨물고 싶도록
매일 깊어지고 차가워지는 가을 하늘 넘나들게
문을 열고
가까스로 도착한 곳이 또 다른 옥獄이 되어도
뱀처럼 요염한 혀로 위험한 공기를 감지하며
작은 이익 하나로 등 돌리는 메마른 들을 지나
더 큰 아픔과 슬픔이 일렁이는 곳으로
탈출하듯 가야지, 후회 없이 가야지

혼돈 1

뿌연 연무가 도시를 장악하면
겨울 해는 어둠이 내리기도 전에
자취를 감추고
현란한 불빛에 벗겨진 어둠은
패잔병처럼 하수구 깊이 숨어
잃어버린 영토를 되찾을
기회를 엿본다

오늘 밤도 부릅뜬 거리를 눕히려
후미진 작은 모서리로 손을 내밀지만
낮과 밤을 구분 못하고 살아온
늙은 개 한 마리가
옆구리를 스치는 어둠에 놀라
갈기를 세우고 컹컹 짖기 시작한다

빈 하늘을 떠도는 흐린 달빛,
갈수록 깊어지는 혼돈에
개가 고양이를 낳고 고양이가 개를 낳는
그런 날 오지 않겠지만

하늘과 땅과 물을 더럽혀 온 사람들은
하수구 어둠마저 그냥 두지 못하고
무슨 짓을 할지 모른다

혼돈 2

할아버지,
살 곳 잃은 개구리들이
살가죽이 터지고 물갈퀴가 찢겨져도
산봉우리로 기어올라
다른 별로 날아가는 꿈을 꾸었어요.

네 꿈은 먹이부족과 환경악화로
그 흔했던 나비, 잠자리, 뱀, 제비까지
점점 사라지는 현실을 말하는 것 같구나.
이대로 가다간
네발 달린 동물들까지 울부짖으며
지구를 떠나는 꿈을 꾸게 될까 두렵구나.
무서워요.

죽기 전에 조금이라도 더
가지고 누리려는 사람들 탓이란다.
지금 당장 탄소 배출을 중단한다 해도
하늘에 떠 있는 양만으로
천 년 넘게 시달려야 하고

오염 물질로

금세기 안에 천여 종의 새가 사라질 거라고

예측하는 이들도 있는데

여전히 뿌연 미세먼지 속에서

도시 확장에 여념 없이 사는

그런 날들이 슬프구나.

아이는 눈물을 글썽인다.

___ 제3부

아픔

깨알 같은 움직임도 놓치지 않는
빛의 평원을 나른히 걷다
밑줄처럼 따르는
소리 없는 그림자를 본다

비가 오든 눈이 오든 바람 불든
헤어질 수 없는 그림자를 끌고
텅 빈 집으로 돌아와
눅눅한 벽에 홀로 웅크리고 앉아
독하게 따지다 신음을 문다

가슴 저미는 아픔을 알기에 슬픔을 알아
축축한 눈으로 일어서
흙냄새 풀풀 나는 배설물로 야위어가는
이들을 위해
빛과 어둠 사이로 프라이팬을 달구며
정성껏 만든 음식을
꽃잎처럼 내놓는다

소외 1

아파트 베란다 귀퉁이에 앉아
무릎 사이에 얼굴을 묻고 잠든
그녀의 앙상한 발가락에
겨울 끝자락 봄볕이 간신히 닿았지만
발목 위로 온기를 끌어올리지 못하고
차가운 벽 그림자에 밀려난다

어디선가 찾아온 흰 구름이
아파트 숲에서 빠르게 흩어지는
바람 부는 오후가 되어서야
조금씩 몸을 풀고 헝클어진 머리로 일어나
어지럽게 책이 흩어진 제 작은 방
낡은 침대 이불 속으로 들어가
혼곤히 잠이 든다

냉기 뒤섞인 봄볕을 받으며
사람들이 밝은 옷차림으로
차 한 잔 나누고 헤어지는 거리에서
초롱초롱한 아이 하나 갖지 못하고

거듭되는 유산으로 말을 잃은 그녀는
먼지 낀 거울에 갇힌 쓸쓸한 물체처럼
문밖으로 나오지 않았다

지금도 누군가는 컴컴한 유폐의 벽과
치열히 싸우며 새로운 출구를 찾는다

소외 2

사람들을 설득하려다 노여움을 사
도둑 누명을 쓰고 벼랑 아래로 내던져진 이솝,

탐욕스런 가족들로부터 가까스로 도망쳐
작은 철도역사에서 편히 눈을 감은 톨스토이,

주인 없는 집에 들어와 수다를 떠는 이웃 여인들
문 밖으로 내보내다 넘어진 여인을 평생 부양한 쇼펜하
우어,

그림 한 점 팔지 못하고
암울한 밀밭 풍경을 끝으로 자살한 고흐,

밤마다 포로수용소에서 저질러지는 살인의 공포를 잊으려
자기 생 어금니를 뽑은 김수영,

가난 때문에 헤어진 처자식 이름을
손가락에 피가 뚝뚝 떨어지도록 길바닥에 쓰다 간 이중섭,

꽉 막힌 세상 위로
한 번만이라도 날고 싶다던 이상李箱,

지금도 누군가는 천형天刑 같은 오해의 덫과
피 흘려 싸우며 출구를 찾는다

천문산天門山

장가계의 절경은
깎아지른 괴암절벽 산들을
비구름이 감싸
변화무쌍한 여백을 만들어서다
우뚝 솟은 천문산 귀신잔도鬼神棧道* 위에서
내려다 본 하늘은
아우성을 덮은 회색구름 바다였으며
그곳에서 조심스레 올려본 하늘은
검푸른 광야였다

누가 검푸른 광야 좁은 문을 열기 위해
아프고 서러운 목숨 걸고
벼랑 줄에 아슬아슬 매달려
피에 젖은 손으로 길을 놓았을까
그 지독한 곳에서 도망치듯 집으로 돌아와
비행놀이에 빠진 어린 손자에게
애야, 아무리 날고 파도
오곡이 나오는 땅에 발붙이고 사는 동안
밥 한 술갈 김치 한 조각 고맙게 먹으며

기다려야 한다

부서지기 쉬운 이 말
아이의 작은 귀에 걸릴 날 올까

* 귀신잔도, 귀신이나 다닐 만큼 위험한 다리라고 해석됨.

하호숙

남성인지 여성인지,
윤곽마저 애매한
벌거벗은 한 인간상이
옆으로 고개를 약간 꺾고 팔짱을 낀 채
긴 그림자를 늘어뜨리고 서서
내 집 작은 거실에 이십 년이 넘도록
그 지독한 외로움을 쏟아내고 있다

그녀의 그림들은
억압, 소외, 부조리로 채워진 삶과
치열하게 싸워
자유로운 숲으로 가려는
목마름이요, 아득한 고독이었다

아프고 시린 사람냄새 풀풀 나던
그녀의 그림들,
숱한 세월이 지난 지금
그 애정에 덧칠하듯
그리스 신화를

첨단 도시 한복판으로 끌어들여
화폭 터질 듯 힘차고 박력 있는
형상들을 만들고 있었다

사람의 눈으로는 설명할 수 없는
흩어질 것 같은 복선과 보라색 향연,
폭풍 같은 강렬한 힘과 이미지들이
어디로 움직일지
기다려진다

아이와 엄마

아이는 초롱초롱한 눈으로
모기를 쫓는 엄마를 보고
잡지 않으면 안 되나요?
발을 멈춘 엄마는
네 부은 얼굴과 손발을 보거라.
피를 먹으니 어쩔 수 없단다.

가렵고 아픈 거 며칠 지나면 돼요.
모기도 살아야 하니까 죽이지 말고
모기장을 치면 되잖아요.
듣고 보니 그게 낫겠구나.

답 없는 세상 이야기를 나누던
엄마와 아이,
아이는 제 말을 들어주는
엄마의 품에 안겨
맑게 웃는다.

소리 1

힘차고 빠른 북소리
긴 파장의 징소리
현란한 바이올린 소리
다채로워도
낙엽 흩어지는
쓸쓸한 늦가을 깊은 밤
컴컴한 아파트 지하실 어디서인가
애절하게 짝을 찾는
절박한 귀뚜라미 소리가
더 가슴을 적신다

소리 2

사정없이 등 뒤를 미는 손길에
요동치며 나온 핏덩이는
작은 심장을 깨우는
첫울음을 터뜨린다

그 울음은 아늑한 자궁에서
거칠고 낯선 곳에 내려진 황량함을
반사적으로 뿌리치려는 손짓이요,
어머니를 향해 구해달라는 외침이다
그렇게 살아 있음은
절박한 욕구들을 풀어야 하는
위기의 순간들을 통해
시작되고 이어지고 확대된다

소리들이 섞이고 부침하는 곳은
소리를 품고 살아온 눈빛들이
또 다른 갈증을 향해 가는 길,
소리 없는 곳이 무덤이라
고적한 산사의 은은한 종소리처럼

두런두런대는 이웃 소리 감미롭고
의기양양하게 짖어대는 개소리
꿈결 같은지 듣기 위해
불안하고 고달픈 발 잠시 멈추고
귀기울여 볼까

소리 3

나무나 풀은
제 안에 갇힌 소리를
스스로 낼 수 없어
바람을 기다린다

나뭇잎이 바람을 품는 소리,
바람이 나뭇잎을 품는 소리,
그 소리는 갈대숲을 지날 때 다르고
창문을 지날 때 다르고
꽃망울 터지는 봄에 다르고
낙엽 지는 가을에 다르다

저마다 다른 소리로 움직이는 이곳은
비바람과 태양이 고스란히 녹아 든
곤충들 맑은 소리가 눈부신 곳

사람들은 한 순간도 벗어날 수 없는
죽음으로부터
조금이라도 더 안전한 곳을 찾기 위해

소리를 광범위하게 엮어
미술, 음악, 문학, 모든 걸 이뤄왔어도
바람과 풀벌레 소리에서 찾을 수 없는
오해와 분노로 가슴 태우며
서럽게 눈물짓는다

새

작은 골목에
그림자처럼 웅크린 이가 있어 깨우자
가까스로 무릎에 묻힌 고개를 들었다
추운 밤인데 괜찮겠소?
그녀는 아무런 말없이 조용히 일어나
앙상한 손을 내밀었다

어디로 가자는 걸까
어둠 속에 버려진 흰 장갑처럼 떠 있는
창백한 손을 잡으면
확확 타는 불꽃처럼 치솟아
까마득한 수평으로 흐르는 시계탑
머리카락하나 내밀지 않아도 되는
그 은밀한 곳에 닿을 수 있을까

나를 한동안 바라보던 그녀는
힘없이 손을 내리고 돌아서
안개 속 가로등 불빛으로 파묻히듯 걸어가다
새가 되어 날아갔다

어디로 갔을까
하늘과 땅을 자유롭게 왕래하지 못하고
춥고 배고프고 황량한 또 다른 곳에 추락해
이 밤을 사투하며 하얗게 지새울지도 모른다

거리에 널린 잡초 같은 시간을 밟으며
더럽혀진 내 굳은 발은 이상도 하지
긴 철로처럼 아내의 자궁으로 이어지는
아이들을 향해 자석처럼 끌려간다

광대와 풀

어제도 떠났다
남루한 옷과 신발 위에
반짝이는 슬픔을 남겨 두고

고집스럽게 제 자리를 지키며
무표정이 지나거나 적선하듯 몇 푼 던져주는
이들을 위해 노래 불렀다
진종일 불렀지만
눈길 한번 받지 못한 어느 광대는
얼마나 굶주렸는지 기억도 나지 않았다
허물어지는 그를 지탱해 온 앙상한 뼈마디들,
물 한 모금 마시고 쓸쓸히 누운 그날 밤
공연장 주변에 난 풀들이 꽃 한 송이를 들고
꿈속을 찾아왔다
광대는 숨을 몰아쉬며 물었다
너희들은 비바람에 뽑힐 듯 시달려도
숱한 것들에 먹히고 밟혀도
왜 비명 한 번 지르지 않지?
풀들은 속삭였다

우리도 너처럼 아파.
소리기관이 없어 참는 거야.
의문이 풀린 광대는 꽃을 받아들고
분장 속에 숨겨온 마지막 노래를 불렀다
노래가 끝나자
지금껏 추억이란 안개 속에 묻힌
모든 광대들 노래가 자리를 박차고 일어서
눅눅한 벽을 허물고
흰 꽃잎처럼 날아올라 은하수가 되자
그 강을 타고 흐르는 초승달 위로
깃털처럼 가볍게 올라
차가운 세상을 굽어보며
너그러운 미소처럼 떠났다

풍경 1

누군가는
개천에 용 나길 바라며
자식 뒷바라지하다 좌절하는
부모들을 위로해야 하고,
순진함을 잃어가는 아이들을 구해야 하고,
젊은이들을 사상의 바다에 풀어놓지 못하면
재앙의 날이 올지 모른다며
외치고 다니지만
지친 이들은 무표정하게 스쳐간다

돌아보면
너그럽고 따뜻한 골목 만들 수도 있을 텐데
차가운 길 휑하니 넓어지는
방향 잃은 신호등 아래로
지친 그림자들 긴 슬픔처럼
스쳐간다

___ 제4부

풍경 2

컴컴한 하늘 아래
펑펑 내린 눈이 녹아
질퍽대는 비탈길을
지팡이 하나로 휘어진 허리 지탱하며
느릿느릿 오르는 앙상한 노파의 손에
일 킬로그램에 백 원도 안 되는
젖은 종이박스 하나
천근처럼 끌려간다

가다 쉬기를 반복하는 노파는
비탈 길 어디쯤을 가야
가파른 숨 내려놓을
수평 길을 만날까

풍경 3

눈 내리는 오후
어린 아이 손을 잡은 여인은
약국에서 나와 교차로를 건너가고,
반대편에서 오는 아이들은
여인을 스쳐 학원 건물로 들어간다

은행에서 나온 중년 사내는
노래방 옆길로 사라지고,
다리를 절며 삼거리 편의점 앞을 가던
등 굽은 노인은 철가방을 싣고 달리는
오토바이가 있는 거리를 멍하니 바라보다
세탁소 뒤 길로 접어드는데
천변 산책길에서 둑 위로 올라온 중년 여인은
눈을 툭툭 털며
아파트에서 쓰레기를 싣고 나오는
청소차 옆쪽으로 멀어진다

고독한 영상처럼 일렁이는 거리의 불빛,
그래도 한 번쯤은 가슴을 열고

누군가를 그리워해도 좋을

눈 내리는 겨울밤은

깊어간다

어느 대화 2

—하층민들이 능력껏 살게 하려면
 새 제도를 만들고 고쳐야 합니다.
—그리 애를 써도
 움켜쥘 게 없으면 불안해지는 이들
 욕망이 사라지지 않는 한
 하층민들 고통은 변하지 않아
 차라리 스스로 길을 열고 나가는
 물길처럼 두는 게 나을지도 모릅니다.

—그래도 가야 합니다.
—잘 다녀오시오.

 그는 너그러운 가슴과 예절로
 서로가 서로를 살리는 이상 국가를 꿈꾸며
 춘추전국시대를 돌아다녔으나
 가는 곳곳 탐욕에 찌든
 세력들에 막혀 쓸쓸히 돌아섰다

 꾀죄죄한 몰골로 돌아오다
 잡초에 묻힌 스승*의 묘를 찾아가

통곡하던 공자孔子의 슬픔이
아직도 남아 있다면
저 치열한 거리에서 밀려나
방황하는 아픔을
얼마나 구원할 수 있을까

* 스승, 노자.
공자와 노자의 관계를 나름대로 요약해 사용했음.

어느 대화 3

　　—부부 맞벌이를 해도 빠듯해
　　　산소 풀 깎는 일 어려워지네.
　　　자네 부모님도 납골당으로 이장하면 어떨까.
　　—종친의 배려는 고맙지만
　　　부모님 묘소는 지관이 정해준 명당,
　　　파묘할 생각 없습니다.

묘지가 자식들 잘되게 해달라고 비는
탓할 수 없는 제단이 된 지 오래,
그는 검은머리 희끗희끗해지도록
부모 묫자리 풀을 깎다 뇌출혈로 쓰러져
세상을 떠났다

인생은 멀리서 보면 비극이요,
가까이서 보면 희극이라던
영화 거인 찰리 채플린도
그리 살다 갔듯이,
어디서 무엇을 하든
관계를 맺고 사는 이들은

비극과 희극의 굴레를 벗어나지 못하고
슬픈 흔적을 남긴다

칼날 위에 핀 꽃

명분과 실리가 주어지면
허기진 칼과 칼들은
일제히 칼집에서 쏟아져 나와
부서지고 태워지고 짓밟히는
선혈 낭자한 전쟁을 일으켜왔다
그 참혹한 슬픔 속에서도
피로 물든 칼날을 움켜쥔 꽃들은
수없이 베이고 찢겨도 물러나지 않고
그 위에 꼿꼿하게 봉우리를 올리며
저항의 노래를 멈추지 않았다

무수한 세월 강물처럼 흘러도
아직도 어디선가는 갈등과 분쟁으로
피비린내 나는 상흔傷痕을 남기는데
요즈음은 번개처럼 빠르고 정확한
첨단 살상무기들을 무더기로 만들어
화려한 자본 속에 세력을 넓혀간다

탐욕과 무지, 오해의 바다를 넘지 못하고

고달프게 저무는 어디쯤을 가야
서로가 서로를 살리는 푸른 숲이 나올까
그 자유로운 숲이 열린다면
칼날을 움켜쥔 꽃들
불안한 가슴 내려놓아도 좋을 텐데
경계선 와르르 무너지는 소리
들리지 않는다

관棺 뚜껑을 열며

아파트 재활용품 분리수거 일은
플라스틱, 깡통, 폐지가
한 아름씩 나와 공터에 쌓인다
누군가 튼튼한 끈으로 묶은 먼지 낀 책들을
수북한 폐지 속에 휙, 버리고 돌아가자
책들은 살려 달라 허우적거리며
납덩이처럼 침몰되고 있었다

사라져감의 허무가 옆구리로 파고들어
심장과 허파, 뇌까지 뻗쳐올라
익사 직전의 책들을 건져내었다
그리고 한 권 한 권 옷소매로 먼지를 닦으며
선명하게 드러나는 제목들을 보았다
그것들은 저간에서 근대로, 중세에서 고대로,
혹은 반대 순으로 사람들을 사로잡았던
중량감 있는 문학서적들이었다

갈수록 빠르고 편한 것만 찾는 세대에
버려지고 외면되는 문학서적들,

이미 그 전집은 읽혀지기도 전에
책장에 꽂혀 있다 정해진 순서처럼
쓸쓸하게 유폐될 처지었다
깊고 예리하고 섬세한
생동감 넘치는 드라마를 이끄는 필력들이
먼지 낀 침울한 책 밖으로 나가 부활하려면
싱싱하게 살아 있는 심장과 세련된 눈빛
폭넓은 두뇌와 가슴이 절실한데
떨리는 손으로 관 뚜껑을 열어보니
곰팡이 퀴퀴한 고독한 성城을
방문한 이들 흔적은 없었다

나는 버려진 책들을 짊어지고 집으로 돌아와
은하수 같은 글자들을 창밖으로 훨훨 날려 보내며
그 이야기들이 구름처럼 퍼져
고단한 거리에 단비처럼 내리길 빌어본다

모순과 죽음

양심이란 비열한 어둠이 몸을 비틀며
꾸역꾸역 토해낸 이물질인지도 모른다

퀭한 얼굴로 비수를 움켜쥐고
거울 밖을 노려보는 사내와
물러설 수 없는 간격을 유지하고
까마득한 어린 시절을 떠올린다

누렇게 뜬 굶주림을 면할 길 없어
가을걷이가 끝난 들판을 진종일 뒤져
작은 수직구멍 하나 찾아내
정신없이 삽과 괭이로 파내려가는데
두려움에 떨던 들쥐 한 쌍이 튀어나오자
잽싸게 죽인 형들은
여러 갈래 저장된
나락, 콩, 팥, 땅콩 등을 자루에 쓸어 담았다
어린 나는 곁에서 지켜보다
머리 큰 형들에게 왜 들쥐를 죽였냐고 물었다
농작물에 피해를 주니 당연하다고 답했다

나는 여린 가슴에 칼끝처럼 박힌
그 의문 하나 풀기 위해 고민을 거듭하며
기나긴 세월을 보내왔지만,
아무것도 풀 수 없었다

방황을 거듭해온 거울 속 사내는
남의 살을 먹는 잔인한 날들을 더 버틸 수 없어
움켜쥔 비수로 자기 배를 갈랐다
거울을 물들인 피, 핏발선 눈, 거친 숨소리,
어수선한 움직임도 잠시,
그는 깊은 나락으로 꽃잎처럼 떨어졌다
나는 또 하나의 내가
막막한 삶의 실오라기 하나
변변히 건드리지도 못하고 죽어간
실험실 같은 거울에
오른 발을 집기처럼 밀어 넣으려다 말고
이웃 잔치 집에서 가져온 상한 돼지비계 두어 점
허겁지겁 삼키고 탈이나 몇 달 넘기지 못하고 죽어
진달래 환장하게 흐드러지던 날

가마니 몇 장에 둘둘 말려 지게로 나간 누나에 비해
너의 죽음은 사치스러운 건지도 몰라.
슬프게 중얼거리며 돌아서 문을 열고
빽빽한 거리로 나간다

우리

한 지붕 아래
부모 자식 사이도
하나로가 어려운데
낯설고 서먹한 이들
무엇으로 뭉치게 할까

숱한 갈등의 응어리를 부수고
가까스로 일치를 이룬다 해도
서로 보고 느끼는 방법이 달라
갈라지고 흩어지는 이들을 향해
결속의 그물을 던지는 당신은
권력인가, 사상의 눈물인가

어디서 무엇을 하든
현명한 이들이 없는 곳은
국경선 안이든 밖이든
위험하다

늙은 침팬지

늦가을 양지에 앉아 당신들이 던져주는
먹이를 주워 먹는 어린것들을 바라보는
나는 늙은 침팬지

새끼 때부터 보살피고 가르치면
간단한 전화소통에 잔심부름이 가능하고
실험용 자동차 운전에 유머까지 있는 우리를
무엇을 위해 이곳에 가두었나요?
심심하고 허전해서라면
당신들이 우리를 구경하는 건가요?
우리가 당신들을 구경하는 건가요?
알 수가 없습니다.

그래도 이곳은 나은 편입니다.
우리를 고급 요리로, 실험실 의학용으로
씨 말릴 때마다 참혹함에 몸이 떨립니다.
그래요, 우리가 당신들을 밀렵해
고급 요리로, 실험실 의학용으로
씨를 말리려 한다면 어찌 될까요?

고작 DNA 2-3프로가 달라서 생긴 일,
늦었지만 우리를 검푸른 고향 숲으로 보내준다면
서로 이웃이 될지도 모릅니다.
하지만 우리의 슬픈 절규는 공허하게 흩어지고,
나는 동물원 철창보다 독한
당신들의 불안한 욕망, 외로운 등을 바라보다
잠이 듭니다

외판원

빠르고 편한 세상
문학전집을 팔겠다고 오기를 부리며
거리를 돌다 지쳐
아파트 승강기를 타고 내려오는데
어린것들이 들어와
우리 반 말썽꾸러기는
영세 아파트에서 살고 피아노 자가용도 없대.
우리 엄마는 그런 애하고는 놀지 말래.
나풀거린다

후들대는 다리로 승강기에서 내려
우람한 아파트 위로 흐르는 구름을 보며
대부분의 어머니는 건강하다
뇌까려도
뚫린 가슴 한쪽 허전하다

언제 쯤 이 거리는 가난한 이들 아픔 없이
달콤한 부를 축적하기 어렵다는 사실에
눈 뜰까

생기발랄한 아이들이 그립고,
책을 읽는 아이들이 그립고,
맑은 아이들이 그립다

고엽제

베트남에서
고엽제 피해를 입고
시들시들 죽어가는
퇴역장병들이
전쟁의 잔해처럼 남아 있고,
같은 피해를 입은 그곳 여성들이
죽은 채 낳은 기형아들은
알콜병에 담겨져 시퍼렇게 우는데
전쟁을 일으킨 이들은
제 가슴 후려치며
후회하고 있을까

언더 화이어

언더 화이어라는 영화를 보고
내 작은 집 옥상에 올라
대전 식장산 봉우리에서
한가롭게 내리는 행글라이더와
골목에서 노는 아이들 소리에
불안한 가슴 달래도
체포, 구금, 협박, 감시
쥐도 새도 모르게 사람들을 죽여 온
추악한 권력에 입술을 깨문다

돌아보면 남의 나라 일이요,
지나간 일이어도
지구촌 어디선가는 여전히 저질러지는 일,
세상 모든 이유를 다 갖다 붙여도
다른 이들을 갈취하고, 고문하고,
목숨 빼앗을 권리는
가질 수도, 가져서도 안 되는데
얼마나 더 참고 기다려야
피 묻은 손들이 멈출까

한동안 옥상에서 멍하니 서 있다
계단을 내려간다

___ 제5부

.

불안

옆집 감나무 가지에 날아와
맑게 지저귀는
박새 한 마리가 기적인데
도서관을 찾아온 아이들은
눈빛 반짝이며
역사 속으로 진입한다

실핏줄까지 타고 흐르는 불안함이
시작이요, 중앙이요, 끝자락인가
얼마나 많은 불안함이 부서져야
구원이 시작될까

나는 불안한 그림자를 토하지 못하고
여린 촉수로 살며
아이들이 필흔筆痕을 헤쳐
새로운 이정표 하나 가지고 나오길
힘겹게 기다린다

거실

지인의 말처럼
좁고 우중충한 거실을 넓히고
단장을 하면 환해지겠지만
그곳도 여느 곳과 다르지 않아
돌아갈 수 없는 풍경 변함없겠지

바다와 융합해
푸른 수풀을 쏟아 붓는 햇빛 아래
꽃을 찾는 나비의 날개처럼
바람소리 물소리를 품어도
자유란 쓰라린 사슬 위에 피었다
몽롱하게 지는 무지개와 같은 것,
거꾸로 좁아지는 통로를 내달려
작은 구멍 끝에 깃털처럼 내리면
뛰노는 아이들의 숲일까

작은 거실의 언덕에 앉아
거칠게 흐르는 시간을 본다

외로움 1

잔잔한 물결에
흰 배를 내놓고 밀려오던
어린 물고기 하나
어디론가 사라졌다

화사하게 피었다
호수 위에 흩어지는
꽃잎 하나 입에 물고
한판 춤사위로 돌아오지 못하고
아득히 빛나는 반점물결
어디쯤을 가고 있는 걸까

그리 가는 아픔과 서러움
호수 깊이 내려
수초를 기대고 사는 물고기들을
깨웠을까

누가 이 긴긴 밤
어린 물고기처럼 머물다 가는
외로움에 잠 못 이루고
펑펑 우나

외로움 2

소주 서너 병 콸콸 마시고
어디론가
죽은 듯 떠내려가고 싶어도
나른한 눈을 뜨면 더 커질
외로움이다

참을 수 없이 지독한 날은
집밖으로 튀어나가
이웃집 문 탕탕 두들기며
한 번만 열어 달라 애원해
누군가를 만나고 싶었다

하지만 그리 한들 돌아보면
혼자 와서 혼자 살다 가는
내 곁 누가 있어
텅 빈 가슴 달랠까

외로움 3

손자들을 유아원에 보내고
집안일 부지런히 도와도
빈 그릇처럼 남은 시간,
더 할 일도 갈 곳도 없어
TV나 본다

방에 누워
연속극에 뉴스까지 기웃거리다 지쳐
가까운 천변을 산책을 하지만,
벤치에 멍하니 앉은 노인을
스쳐 멀어지는 이들 등을
하염없이 바라보다
돌아온다

영혼을 찍을 스마트폰이라도 있다면
피라미를 노리는 가엾은 백로들이
천변을 배회하다
어디로 가는지 엿볼 수 있을 텐데
하루하루가 외롭다
죽어야 끝날 그래서
TV나 보다 잠이 든다

방황

그 옛날 산동네 아주머니는
키우던 개를 팔려고
오토바이를 타고 지나는 장사꾼을 불렀다
장사꾼은 개 목덜미를 잡아
저울에 매달았고
개는 오줌 지리며 부들부들 떨었다

숨 턱턱 막히는 여름 볕은
가난에 찌든 이들 사이에 벌어지는
쓰라린 긴장감을 녹여내지 못하고
얇은 슬레이트 지붕만 달구는데
값을 흥정하는 사이 깨어난 놈은
역습처럼 몸부림쳐 달아났다

죽음에 눈 뜬 개는
아무것도 믿을 게 없다는 듯
집으로 돌아오지 않고 동네를 떠돌았고,
실패와 좌절을 거듭하며 사는 이들도
도망친 개와 다름없이 방황한다

남의 살을 노리는 치열한 순간들을
얼마나 깊이 들어가야
풀리지 않는 퍼즐 끝에 닿을까

하루

사람들 함성 속에
사랑, 신념, 가족, 챔피언 벨트가
뿌옇게 스치는데
피투성이로 1분간 쉬는 동안
멍한 눈으로 상대를 바라보다
무슨 짓을 하고 있는 거지?
뇌까려도
그는 팔각 링에 남아야 하고
무언가를 찾아야 한다

치열하게 부딪치며 빛나는 순간들,
나는 어디쯤을 가는 중일까
퇴직 후에도 아내를 도와
번거로운 일상에 시달리며 살지만
소리, 모양, 방향, 각도 아무것도 없는
허전함에 가슴 숭숭 뚫린다

가슴 숭숭 뚫는 허전함과
진종일 다투다

깊은 밤이 되어서야
지친 눈꺼풀을 내린다

빛

남의 발 밟지 않으려던 이들도
비바람에 젖어
시름시름 떠나는 날들이다

컴컴한 새벽부터 골목들을 뒤지며
헌옷 몇 벌로 앙상히 버티는 이들
펄펄 끓는 통증 맨 밑바닥까지 뚫어져라
땀 뻘뻘 흘리다
피고름에 젖어 돌아가는 이는
숨찬 무게 촘촘히 기록해야 한다

차곡차곡 쌓인 글자들이
모서리를 벗어나지 못하고
숨을 거둔 앙상한 시체 옆구리로
싱싱한 꽃물결처럼 쏟아져
퀭한 눈빛들 소생시킬지
누가 아나

간間

아버지의 외딴섬에서 나와
가족을 이루고
수십 년 넘게 살았다

그동안 보살피는 자식도 없이
하루하루 어떻게 지내셨을까
남루한 옷에 야윈 몸 뒤척이며
밤마다 잠 못 이루시는 건 아닐까
쓸쓸히 살고 있을 아버지를 생각하면
만사 젖혀두고 달려가야 하지만
마음뿐, 소식 한 번 전하지 못했다

이제라도 찾아가 눈물로 빌면
가여운 인생을 용서하실까
어쩌면 도망치듯 떠난 나를 향해
네가 온갖 욕망에 취해 사는 동안
내가 얼마나 참담했는지 아느냐?
호통을 치실지도 모를 일,

죽는 순간까지
안개 속을 떠도는 꽃잎 같은
내 목숨 내 것이 아니어서
하루하루 살얼음 위를 걷듯
조심조심 삽니다

시선이 넘을 수 없는 산마루

누군가의 뒤에는 누가 있어 찾아야 하듯
지금 선 자리에서 사물을 더듬어나가
시선이 넘을 수 없는 산마루로 가려
라일락 향기에 젖은 봄바람을 안고 갈 테니
그대도 그곳으로 오시려거든
촉촉한 봄비처럼 다가와 기다려 주구려

여름에는 푸른 숲 가시덤불에
옷이 찢어지고 살갗이 긁혀도
몽환처럼 그곳에 도착해
달빛 젖은 푸른 밤 지새우며 기다려도
오지 않는 그대,
행여, 앞서 다녀간 흔적이라도 남겨 두었다면
이슬 맺힌 풀잎 낱낱이 찾았을 겁니다

오늘도 시선이 넘을 수 없는 산마루를 향해
내 작은 창을 열어둡니다

그대 안에 아이가 있다면

그대 안에 아이가 있다면
심장소리, 호흡소리, 발소리를 들어서는 안 돼요.
봄 여름 가을 겨울 이야기는 꺼내지도 마세요.
새벽부터 축축한 산을 깨우며 나무껍질 두들기는
딱따구리 소리를 들으면 몸을 떨 거예요.

그대의 부푼 배는
누구도 엿보지 못한 깊은 심해深海,
스치는 바스락거림도 한마디 말도 안 돼요.
유혹을 맛본 아이는
바람보다 빠르게 자라 만삭의 배를 가르고
기쁨과 슬픔, 만남과 이별이 있는
세상에 나와
흩어지는 꽃잎처럼 추락할지도 몰라요.

그대 안에
여름 햇살보다 화려한 아이가 있다 해도
그대 신성神聖 밖으로는 나올 수 없어,
생멸이 오가는 거리의 하루하루는
변함없이 이어집니다

■

깊고 따뜻한 감성의 세계
– 황성주의 제2시집

김완하

황성주 시인은 대전의 근교인 산내에 머물면서 조용히 시를 쓰고 있다. 언제였는지 잘 기억이 나지 않지만 수년 전 어느날 그가 나에게 전화 연락을 해온 이후 이따금씩 전화 안부를 나누고 가끔은 만나 문학이야기를 나누기도 하는 사이이다. 나보다는 수 년이나 연상임에도 불구하고 늘 조용하고 겸손하게 나를 대하는 면이 퍽이나 깊은 인상을 주고 있다. 그리고 그가 쓴 시들을 읽을 기회를 갖게 되었는데, 그의 시는 상당한 공력으로 얻어진 언어의 조형성과 감각, 그리고 사물이나 대상에 대한 날카로운 시선이 시적 감동으로 이어지곤 하였다.

그러던 어느날 그는 내게 스스로 썼다는 소설을 보여주며 좋은 소설 한 편도 꼭 쓰고 싶다는 포부를 밝히기도 하였다. 이렇게 하여 그는 오래 전부터 문학에 깊이 있는 사랑과 애정을 간직해오고 있다는 점을 알 수 있었다. 그러기에 나는 그가 좀더 자신의 고요한 방을 벗어나 열정으로 작품 활동을 펼칠 것을 권하기도 하였다.

그는 나에게 또 다른 면에서 인상적으로 다가왔다. 그는 베트남전에 참전하여 사선을 넘는 경험을 하였다고 하거니와, 그 체험 속에서 생을 더 깊고도 절실하게 바라보는 계기를 갖게 되었다는 점을 알고부터이다. 누군가 죽음에 근접하는 극한적인 경험을 해본 이후에 자신의 문학적 깊이가 형성되었다고 강조하는 것을 들었던 적이 있다.

아무튼 내가 황성주 시인과의 만남을 수 년간 이어오던 중 이번에 그가 두 번째 시집을 내기에 이른 것이다. 그래서 그가 이러한 결심을 하는 데는 나도 어느 정도 일조를 한 셈이 아닌가 짐작해보는 것이다. 그는 첫 시집으로 『기나긴 우수의 계절』을 발간한 지 20년이나 되었다고 하였다. 그의 문학에 대한 엄격성과 겸손함으로 인해 첫 시집을 낸 이후 20년이나 지나 이제야 두 번째 시집을 낸다고 생각하니 조금은 아쉬움이 남기도 한다. 그러기에 앞으로는 그의 시가 잔잔한 여울 물살을 넘어 좀더 큰 흐름을 이루면서 흘러가기를 간절하게 기대해본다.

시인은 크게 다음의 두 유형으로 나눌 수 있을지 모른다. 그 하나는 주로 화려하고 밝고 힘찬 것을 대상으로 시를 쓰는 부류이고, 다른 하나는 그와 반대로 소박하고 그늘지고 조용한 것을 대상으로 시를 쓰는 유형이라고 말이다. 이러한 전제가 가능하다면 황성주 시인은 후자에 속하는 시인이라 판단한다. 그런데 어떤 점에서 시인들 대부분은 후자와 기본적으로 통한다는 생각이다. 개인적으로나 시대적으로 시가 빛날 때는 시인들이 후자의 감성에 놓이는 때가 많았기 때문이다.

이렇게 황성주 시인의 시선은 늘 화려한 곳이나 번잡스러운 곳을 지향하기 보다, 그늘진 곳이나 조용한 곳, 그리고 젖어 있고 외로운 쪽을 바라보는 듯하다. 이러한 사실은 그의 시적 출발과 함께 그의 세계관과도 연관되는 것이다. 그런 점에서 황성주 시인은 아주 깊고 따뜻한 감성의 세계를 간직하고 있는 시인이라 말할 수 있다. 그러한 특성은 다음의 시에서도 잘 드러나 있다.

물러날 곳 없는
아스팔트 좁은 틈에 뿌리내린 민들레는
마른 흙을 움켜쥐고
훅훅, 날아드는 검은 먼지에
이파리를 축 늘어뜨리고
아침부터 추적추적 내리는 비에
하염없이 젖는다

한번쯤, 혼절한 이파리에서
초록바다 콸콸 쏟아져
콘크리트 벽에 지쳐가는 거리를
단숨에 퍼 올려 모래알 씻듯 섬세히 씻어
헹구는 날 온다면

거리는 초록물결 일렁이는 숲이 되어
초록 눈, 초록 귀, 초록 입으로
지저귀는 새들처럼 될지도 모른다는
꿈을 꾸다,

눈 뜨면 무언가를 쉴 새 없이 해야 하는
거리 위를 무심히 가는 구름뿐이라
물러날 곳 없는 민들레처럼 비에 젖어
골목을 서성이며
봉우리 올릴 민들레 기다리다
잠기듯 꿈꾸고 그런다

– 「기다림」 전문

이 시의 중심 이미지는 '민들레'이다. 객관적 상관물로서의 '민들레'는 시인의 감정이입이 됨으로써 자아와 세계의 동일성을 이루고 있다. 이러한 것은 전형적인 서정시의 기법인 셈이다. '민들레'가 놓여 있는 상황은 "물러날 곳 없는 / 아스팔트 좁은 틈"이면서, 단지 "마른 흙"에 "날아드는 검은 먼지" 속에서 "내리는 비에 / 하염없이 젖는다". 그리고 "눈 뜨면 무언가를 쉴 새 없이 해야 하는" 고달픈 모습으로 그려지고 있다. '민들레'는 후미진 구석에서 생명의 질서와 가치를 간직하고 살아가는 가난한 존재로 묘사되고 있다.

이 시에서 '민들레'는 곧 황성주 시인의 모습이라고 말해도 틀린 게 아니다. 이렇듯이 그가 작은 사물에 대해 보여주고 있는 관심과 애정은 그가 세계와 어떻게 관계를 맺고 있는가를 잘 보여주고 있는 것이다. 그리고 그 가운데서 황시인은 소중한 가치를 간직하게 되는 것이다. 그것은 시 제목 「기다림」에서도 알 수 있듯이, 그의 힘겨운 삶 속에서도 미래에 대한 희망과 생명의 가치에 대한 소중함을 간직하고 있는 것이기 때문이다.

이렇듯이 황성주 시인은 작은 '민들레'를 통해서 세계와 교감을 하고 있는데, 다음의 시에서는 무생물을 통해서 대상과 연결되고 있다. 이러한 점은 시정신의 핵심적인 요소이기도 한 것이다.

앞 집 담 너머 작은 마당에
노인이 생계용으로 끌고 다니다
요양원으로 가며 방치한 회전목마를 본다
제 굴레를 일 센티도 이탈 못하는 목마들은
주인 없는 빈 집을 할퀴듯 퍼붓는 장맛비에
퇴색한 페인트 벗겨지고
몸 곳곳이 거뭇거뭇 썩어가고 있었다

조심조심 손을 뻗어 가슴을 더듬어도
핏줄 하나 없는 차디찬 체온은
비가 그치고 별이 빛나는 밤이 와도 변함없겠지만
사람들이 일상의 끝에 쓰러지듯 잠들면
눈을 치켜뜨고 일어나
긴 원형 사슬을 풀고 백방으로 흩어져
뜨겁게 울부짖으며
광활한 초원에 이르러야 한다

그리고 싱싱한 풀로 맘껏 허기를 채우고
윤기 흐르는 갈기를 날리며
분방한 어린것들 이끄는 날을 차지하지 못하면
썩어문드러진 살은
흔적 없이 흩어져 사라질 것이다

하지만 오늘도 달아날 곳 없는 회전목마들은
하염없이 비에 젖는다

-「회전목마」 전문

　위 시에는 황성주 시인의 시를 쓰는 마음이 잘 드러나 있
다. 그것은 시인이 우리 주변의 사물에 깊은 관심을 기울이
는 것, 무생물에게도 생물을 대하듯 그윽한 감성으로 다가
가는 것이다. 시인은 자신의 "앞 집 담 너머"에 '비'를 맞
고 있는 '회전목마'에 시선을 가져다 꽂는다. 보통 사람
같으면 비가 온다면 춥다고 집 안으로 서둘러 들어갈 텐데,
황성주 시인은 빗속에서도 조심조심 손을 뻗어 젖은 '목
마'의 "가슴을 더듬어" 보는 것이다. 거기에는 핏줄도 하
나 없고 차디찬 체온이 느껴질 뿐이다. 그러나 또한 시인은
그 속에서도 꿈틀대는 생명의 역동성을 느껴보는 것이다.
시인의 감성으로 보통 사람이라면 느낄 수 없는 생명의 온
기를 깨닫는 것이다.
　'노인'이 생계를 위해 끌고 다니다가 방치한 '회전목
마'. '노인'은 이미 요양원으로 떠났어도 '노인'은 그냥 거
기 비를 맞고 있는 것이다. 그건 '목마'가 바로 '노인'인

까닭이다. 그것을 바라보는 시인의 눈은 어느새 상상 속을 날아오른다. 그래서 '목마'는 눈을 치켜뜨고 일어나 "긴 원형 사슬을 풀고 백방으로 흩어져 / 뜨겁게 울부짖으며 / 광활한 초원에" 당도한다. 그리고 싱싱한 풀로 맘껏 허기를 채운 뒤 "윤기 흐르는 갈기를 날리며 / 분방한 어린것들 이끄는 날을 차지"한다. 그러나 정녕 '노인'의 현실은 그렇지 않은 것이다. 그리하여 달아날 곳 없는 회전목마는 "하염없이 비에 젖는다". 그러나 젖은 것은 다시 젖지 않는다고 하였으니, 이제 그 '목마'는 광야로 달려갈 일만 남은 것이다. 그러므로 그의 시는 언제나 미래와의 단절이 아니라 새로운 희망으로 다가오는 것이다.

이상 그의 시에서 사물에 대한 형상화를 살펴보았는데, 다음에는 인물에 대한 시적 관심을 읽을 수 있는 것이다.

몸을 휘감는 팔월 볕 가로수 그늘 아래
보따리를 이고 와 서너 가지 채소를 풀어 놓고
떠내려가듯 조는 꾀죄죄한 아주머니 곁에서
흐리흐리한 눈으로 푸른 신호등을 기다린다

컴컴한 지하 층계 아래로, 좁은 골목 모서리로,
퀭하게 숨어든 눈빛들은
왜 자꾸 어둠 속을 가는 걸까
발끝 비스듬히 누운 그림자가
하수구로 흐물흐물 녹아들기 직전인데
기다리고 기다려도 꺼지지 않는 적색등이다

스쳐간 냄새, 빛깔, 움직임, 이미지들이
돌아갈 수 없는 추억이라면
짧게 피었다 지는 장미꽃 위를
홀로 나는 나비처럼 발가벗고
거리를 걷는 연습을 해야 하나

푸른 신호등이 적색등을 범람하며
잠든 거리를 깨우는 날 오면
흐리흐리한 눈을 뜨고
질퍽질퍽한 이들과 함께
건널목을 건너갈 수 있을까

- 「가로등」 전문

　이 시에서 우리는 황성주 시인이 상황의 묘사를 통해 보여주는 국면은 리얼리티를 넘어 리얼리즘으로서의 가능성으로도 읽을 수 있다는 점을 발견한다. 그런데 이러한 성과는 시인의 시적 역량이 주변 삶의 풍경이나 상황을 매우 정확하게 묘사하는 능력에 의해서 성취되는 것이라고 판단한다. 왜냐하면 그의 시는 리얼리즘을 지향하고 있는 것은 아니기 때문이다. 그만큼 그의 시는 대상이나 사물에 대한 깊은 애정에서 출발하는 것이다.

　위 시에서 우리는 1연의 "보따리를 이고 와 서너 가지 채소를 풀어 놓고 / 떠내려가듯 조는 꾀죄죄한 아주머니"를 눈여겨보게 될 것이다. 시인은 이 시의 전면에 중심 이미지로 '가로등'을 내세우고 있으나, 기실은 그 곁에서 졸고 있는 '아주머니'의 삶과 대비시켜 놓았다. 이러한 대비를 통해서 현실 삶의 궁핍함과 힘겨움을 한층 강조하는 것이다. 이 시에서 '아주머니'의 삶은 우리들의 어머니이자 변두리라면 어느 곳에서라도 힘겹게 살아가는 서민들 삶의 단면을 가감 없이 보여주고 있는 것이다.

이상에서 알 수 있듯이 황성주 시인은 주로 주변의 삶에 대한 관심과 묘사를 통해 시적 형상화를 꾀하고 있다. 그러나 이번 시집에서는 이제 자신의 삶을 중심으로 형상화하고 있는 시들도 눈에 띈다.

손자들을 유아원에 보내고
집안일 부지런히 도와도
빈 그릇처럼 남은 시간,
더 할 일도 갈 곳도 없어
TV나 본다

방에 누워
연속극에 뉴스까지 기웃거리다 지쳐
가까운 천변을 산책을 하지만,
벤치에 멍하니 앉은 노인을
스쳐 멀어지는 이들 등을
하염없이 바라보다
돌아온다

영혼을 찍을 스마트폰이라도 있다면
피라미를 노리는 가엾은 백로들이
천변을 배회하다

어디로 가는지 엿볼 수 있을 텐데
하루하루가 외롭다
죽어야 끝날 그래서
TV나 보다 잠이 든다

- 「외로움 3」 전문

　이번 시집에는 「외로움」이라는 제목의 시가 세 편 수록
되어 있다. 거기에는 시인의 최근 삶의 모습이 과장이나
꾸밈없이 그대로 나타나 있다. 그 가운데 하나인 「외로움
3」을 통해서도 우리는 시인의 내면을 아주 깊게 들여다 볼
수 있는 것이다. 이 시는 손자들을 돌보고 집안일을 도우며
살아가는 시인의 일상을 소재로 하고 있다. 그 가운데서 시
인은 스스로가 생의 중심에서 밀려난 듯한 쓸쓸함을 절절
하게 느끼고 있다.
　위 시에서는 3연의 전반부 4행 "영혼을 찍을 스마트폰이
라도 있다면 / 피라미를 노리는 가엾은 백로들이 / 천변을
배회하다 / 어디로 가는지 엿볼 수 있을 텐데"라는 부분에
서 큰 감동을 자아내고 있다. 시인이 '백로'와 자신을 동
일시하려는 의지를 엿보인다. 그런 점에서 5연부터 이어지
는 3행은 이 시에서 사족일지 모른다는 생각이 든다.
　황성주 시인은 자신의 경험을 통해 가족사적 일상을 보
여주며 그 안에 드리워진 생의 그늘을 제시하였다. 그 결과
로 노년에 처한 시인의 내면세계를 사실적으로 제시했다.
이로써 그것은 개인의 문제를 넘어 우리 사회의 모습으로
다가와 우리로 하여금 아주 가슴 저리도록 느끼게 해주고

있다. 그러한 가운데서 나는 그의 시가 더욱 깊어져 갈 것이라고 믿는다. 그것은 앞에서 그가 보여주었던 생명에 대한 사랑과 애정, 생에 대한 열정이 그의 시정신에 깊이 스며있다고 믿기 때문이다.

그가 도달한 생의 후반에 겪는 막막한 시간을 목도하고 느끼는 생의 페이소스는 그의 시를 더 서늘하게 해주고 있다. 그리고 그 안에서 그의 시는 깊이를 더해가며 서정을 넘어 진한 감동으로 다가온다. 그런데 나는 그것이 황성주 시인의 더욱 절실한 생에 대한 사랑으로 가능했다는 사실을 잘 알게 되는 것이다.

첫 시집 이후 20년 만에 내는 두 번째 시집은 밀도 있는 시적 성취를 보여주고 있다고 평가해도 과언이 아닐 것이다. 다만 20년간의 시적 성과라는 면으로 볼 때는 부족함이 없는 것일까 돌아볼 필요가 있다고 본다. 그래서 나는 조만간 그의 보다 더 완숙해진 모습의 제 3시집 출간을 간절히 기대하는 것이다. 황성주 시인의 두 번째 시집 출간을 진심으로 축하하며 큰 박수를 보내드린다.

김완하 | 시인, 한남대 교수

■

발문

황성주의 두 번째 시집을 읽고

예전에는 '우수의 계절',
지금은 칼날 위에 핀 꽃이다.

김은신

시집이 나온다는 소식을 들으니 불현듯 지나간 시간들이 떠오른다. 신기할 정도로 선명하게 남아 있는 시간들이다. 아직까지도 꺼지지 않은 등불처럼 환하게 밝혀져 있는 시간들이다.

만나면 대부분의 시간을 문학 이야기로 보내곤 했다. 돌이켜보니 정기적으로 인사동을 뒤지고 다녔고, 그때마다 문학 이야기로 열을 올리곤 했다. 그후 동인지 작업을 하면서 한자리에서 만나는 시간이 자주 있었지만 인사동 시절만큼은 미치지 못했다.

그러던 어느 날부터 나는 소설을 써 보여주었고, 친구는 나보다 훨씬 자주 시를 써 보여주었다. 그리고 우리는 또다시 참 보기 드문 시간들, 문학을 이야기하며 살아왔다. 문우는 한 사람이면 족하다고 한 사람이 있던데 그럴듯하다고 본다.

나는 소설이 플롯만 잘 되면 그리 어려운 것이 아니라고 생각했다. 그런데 어느날 보니 플롯보다 중요한 건 문장력이었다. 그런데 또 어느 날 보니 문장력보다 더 중요한 건 묘사력이었다. 하지만 친구의 시를 읽으면서 저절로 바느질을 잘해야겠다고 생각했다. 처음으로 돌아가 플롯, 문장력, 묘사력 등등 어느 것 하나 소홀히 하지 말고 한 뜸 한 뜸 바느질하듯이 잘해야 한다고 다짐하곤 했다.

『기나긴 우수의 계절』이 나온 지 20년이나 되었다. 그 '계절'이 훨씬 지났는데도 시인은 아직도 길가에서 목이 마르다. 이유를 알겠다. 시인은 멀리 갔다 온 것이 아니라 우리 곁에 계속 남아 있었다. 시집을 읽어 보니 그가 얼마나 시대의 안팎에 두루 관심을 기울이며 살아왔는지 알 수 있었다.
첫 번째 시집보다 문장은 훨씬 더 간결해졌고, 세련미를 풍겼다. 그것이 여전히 변함없는 특유의 비장미와 함께 하고 있어 깊은 여운을 남기고 있다. 당연히 그 여운 속에는 시인이 뱉어내는 거친 숨소리도 섞여 있다. 아슬아슬한 분노, 어쩔 수 없는 슬픔도 깃들어 있다. 그런데 그것이 스치고 지나듯이 표현되고 있어 이십 년의 시어들이 변화되었다는 점을 보여주고 있다.

김완하 교수는 한남대학교의 문예창작학과에서 문학과 창작을 가르치는 분이다. 《대전일보》의 유명한 칼럼 「김완하의 시속의 시 읽기」에 황성주의 시 「회전목마」가 실린 걸 보고 놀란 적이 있다. 내가 좋아하는 작품이었는데 칼럼에 실려 있어 그때부터 '김완하의 홈피'에도 들러보았다. 포털 사이트에서 검색 중에 친구의 바로 그 작품을 옮겨 실어 놓은 카페가 있다는 걸 발견하고 반갑기도 했다.

앞에서 인사동 시절이 새삼 생각난다고 했거니와 3부에 있는 「하호숙」은 그때의 느낌을 그대로 옮겨 놓은 듯하다. 어느 날 친구와 함께 관훈미술관을 들러 만나게 된 그녀의 그림들이 살아나온 듯하기도 하다. 그 미술관은 지금도 그대로 있다. 단지 우리가 잘 다니던 찻집들, 주점들은 없어지기도 하고, 바뀌어지기도 했다.

무엇보다 반가운 건 숱한 세월이 지났음에도 고요한 등불 밑에 남아 있기라도 하듯 전혀 퇴색하지 않은 모습으로 느껴지는 시간들이었다. 그 시간들이 소중하게 느껴질 줄은 미처 예상하지 못했다.

항상 생활의 일부처럼 시를 써오면서 살아온 사람이 시집을 엮어 출판한다는 건 결코 쉬운 일이 아니다. 주변에서 축하하고 감탄하는 사람들이 한둘이 아닐 것이라고 본다. 그 중에서 부천에 사는 친구 조영남이 무슨 말을 할지 무척 궁금하다. 시집은 잔치가 아니야. 그러면서 술 한 잔을 권하지 않을까?

멀리 떠나 있다가도 돌아올 때는 주머니에 시를 하나 가득 넣고 오는 친구에게 오늘은 주머니가 아니라 시집을 만들어 오겠다니 축하한다는 말을 아끼지 않겠다. 아는 이들을 불러 같이 축하해주고 싶다.

김은신 ㅣ 소설 쓰는 친구

시와정신시인선 25

칼날 위에 핀 꽃

ⓒ황성주, 2019

초판 1쇄 | 2019년 7월 25일

지 은 이 | 황성주
펴 낸 곳 | **시와정신**
주   소 | (34445) 대전광역시 대덕구 대전로1019번길 28-7
            신창회관 2층
전   화 | (042) 320-7845
전   송 | 0507-713-7314
홈페이지 | www.siwajeongsin.com
전자우편 | siwajeongsin@hanmail.net
편   집 | 정우석 010_9613_1010
공 급 처 | (주)북센 (031) 955-6777

ISBN 979-11-89282-11-0   03810

값 9,000원